O HOMEM MAIS SÁBIO DO MUNDO

Emiliano Di Marco

O HOMEM MAIS SÁBIO DO MUNDO

Illustrações de
Massimo Bacchini

Tradução de
Gabriel Bogossian

Título original
L'uomo più saggio del mondo

Copyright do texto © 2003 *by* Emiliano Di Marco
Copyright das ilustrações © 2003 *by* Massimo Bacchini

Todos os direitos reservados; nenhuma parte desta publicação pode ser reproduzida ou transmitida por meio eletrônico, mecânico, fotocópia ou de outra forma sem a prévia autorização do editor.

Direitos para a língua portuguesa reservados
com exclusividade para o Brasil à
EDITORA ROCCO LTDA.
Av. Presidente Wilson, 231 – 8º andar
20030-021 – Rio de Janeiro – RJ
Tel.: (21) 3525-2000 – Fax: (21) 3525-2001
rocco@rocco.com.br
www.rocco.com.br

Printed in Brazil/Impresso no Brasil

CIP-Brasil. Catalogação na fonte.
Sindicato Nacional dos Editores de Livros, RJ.

D524h   Di Marco, Emiliano
O homem mais sábio do mundo/Emiliano Di Marco;
ilustrações de Massimo Bacchini – tradução de Gabriel Bogossian.
Rio de Janeiro: Rocco Jovens Leitores, 2010 – Primeira edição.
il. – Tradução de: L'uomo più saggio del mondo
ISBN 978-85-7980-029-0
1. Literatura infantojuvenil. I. Bacchini, Massimo.
II. Bogossian, Gabriel. III. Título.

10-1364   CDD – 028.5   CDU – 087.5

O texto deste livro obedece às normas do
Acordo Ortográfico da Língua Portuguesa.

O HOMEM MAIS SÁBIO DO MUNDO

Esta é a história de um menino que viveu muitos anos atrás na Grécia, na cidade de Atenas. O seu nome era Arístocles, mas desde pequeno todos o chamavam de Platão, por causa de suas largas omoplatas, seus ombros grandes e fortes.

Nascera no dia consagrado a Apolo, o deus do sol, e os seus pais, em particular o pai, Aríston, tinham certeza de que, por essa feliz coincidência, ele se tornaria uma pessoa muito importante e teria uma vida longa e próspera.

– Ele vai ser um político, um general ou um dentista – repetia o pai sem parar, todo contente.

Para agradecer aos deuses um presente tão bonito, os pais decidiram reunir amigos e parentes e ir ao monte

sagrado do deus Apolo. Quando chegaram lá em cima, surgiu de repente um enorme enxame de abelhas, que zumbiam ameaçadoramente. Todos fugiram amedrontados, menos o pai, que ficou junto do filho para protegê-lo. As abelhas, contudo, para sua enorme surpresa, não pareciam querer fazer mal a ninguém e, ao contrário, aproximaram-se do garoto e começaram a encher sua boca de mel, indo embora depois que o alimentaram.

Era certamente um sinal com o qual Apolo queria mostrar a todos que daquela boca sairiam palavras preciosas como o mel.

O pai, depois do susto, percebeu que não estava errado em pensar que seu filho era muito especial, e talvez não se tornasse o que seria normal esperar.

Os anos passavam, e Platão crescia saudável e forte, demonstrando a todos ser muito inteligente, muito curioso e até um pouco enjoado. O seu sonho era virar um grande sábio e saber tudo. Como era um menino esperto, poderia realizar este desejo. Havia, porém, um grande problema que complicava os seus planos.

Naqueles tempos, a Grécia era uma terra cheia de monstros, de deuses e de heróis, e lá aconteciam coisas incríveis. Mas a coisa mais extraordinária daquele povo era o amor pela sabedoria, que todos consideravam o seu tesouro mais precioso. Justamente por isso, existiam milhares de homens sábios admirados e queridos. Se ao menos eles conseguissem chegar a um acordo sobre o que seria aquela famosa sabedoria e como se poderia alcançá-la!

"Como vou escolher um professor que me ensine a virar um sábio?", se perguntava Platão, confuso ao ouvir tantas opiniões e sem saber o que fazer para tomar uma decisão.

Certo dia, enquanto caminhava pela rua pensando em como resolver este dilema, viu duas pessoas conversando.

"Se eu fosse você, chegaria perto para ouvi-los", aconselhou uma vozinha na sua cabeça.

Os antigos gregos ouviam com muita frequência estas vozezinhas e confiavam nelas, porque, segundo

alguns, os deuses as enviavam para dar bons conselhos às pessoas. Por isso, Platão aceitou a sugestão e se aproximou para escutar melhor os dois passantes.

– Então você resolveu aquela questão? – perguntou o primeiro, que parecia muito surpreso.

– Claro que resolvi! – respondeu o outro, muito feliz.

– Mas como é possível? Você dizia que não havia homem capaz de tomar uma decisão tão difícil!

– E tinha razão – replicou o feliz. – Na verdade, quem me ajudou não foi um homem, mas um deus!

"Olha só, a coisa está ficando interessante", pensou Platão, aproximando-se para ouvir melhor.

– Fui ao grande Oráculo de Delfos – continuava o homem feliz – e pedi ao deus Apolo para me ajudar. E, como você bem sabe, os deuses não erram nem mentem jamais.

– Fantástico! – exclamou o outro.

– Fantástico mesmo! Muito obrigado! – disse então Platão e, sem prestar atenção à expressão assustada dos dois senhores, virou seus largos ombros e voltou correndo para casa.

"Descobri quem pode me ajudar a escolher um professor! Irei a Delfos e perguntarei a Apolo quem é o homem mais sábio do mundo; assim, terei certeza de que não cometerei erro algum!", pensou.

Entre outras coisas, por causa daquela história das abelhas que seu pai sempre lhe contava, Apolo era para ele um pouco como um padrinho, e Platão tinha certeza de que o deus lhe daria uma mãozinha.

Chegando em casa, contou a seus pais o que tinha ouvido na rua.

– Talvez eu também deva ir a Delfos interrogar o Oráculo. Apolo com certeza vai me ajudar a encontrar o professor que estou procurando.

– Platão, você sabe que Delfos é muito longe, não sabe? – perguntou-lhe a mãe.

– Mãe, é a única solução. Só um deus pode me ajudar.

Por fim, Platão venceu. Os pais concordaram. Pediram, no entanto, que ele fosse muito cauteloso.

– Há muitos perigos no caminho. Tome cuidado com encrenqueiros, com os monstros e os desmiolados que andam por essas terras. Mas há riscos ainda maiores – disse a mãe.

– Quais? – perguntou Platão, um pouco assustado.

O pai então lhe contou a história de um rei que, muitos anos antes, havia perguntado ao Oráculo se devia ir à guerra contra um reino vizinho ao seu. O Oráculo lhe respondera:

"Se você for à guerra, vai destruir um reino forte e poderoso e levará à ruína um tolo."

O rei, confortado pelas palavras do deus, declarou guerra ao vizinho assim que voltou ao palácio, foi vencido e perdeu tudo o que possuía. Havia destruído o reino de um tolo, sim, o problema era que o tolo era ele.

– Isso é para fazer você perceber que mesmo toda a sabedoria de um deus não serve para nada, se acaba nas orelhas de um burro. Portanto, reflita bem sobre o que vai ouvir, e lembre sempre que há profissionais que ganham muito mais que um sábio – concluiu o pai.

Platão prometeu que ficaria atento e, na manhã seguinte, começou a viagem.

Para sua grande sorte, os monstros não apareceram e os arruaceiros não lhe deram trabalho, e, passados poucos dias de viagem, ele finalmente chegou a Delfos.

O Oráculo ficava dentro de um templo maravilhoso, todo coberto de mármore branco, sustentado por colunas altíssimas e por paredes majestosas, cobertas de

esculturas que retratavam as aventuras dos deuses e dos heróis. Na porta, estava escrito: "Conhece-te a ti mesmo."

Segundo os antigos gregos, aquelas palavras eram o que de mais sábio já fora dito por um homem ou por um deus, só que mais uma vez ninguém estava de acordo sobre o que elas queriam dizer de verdade. Platão leu a frase e, depois de se encher de coragem, entrou no templo para fazer sua pergunta.

Ultrapassada a porta, deparou com uma grande sala com um enorme braseiro de bronze ao centro, dentro do qual ardia um fogo que nunca se apagava, como se fosse um sol.

Platão se aproximou do braseiro, ajoelhou-se como haviam lhe ensinado e, com a voz trêmula de emoção, perguntou:

– Deus Apolo, quem é o mais sábio de todos os homens?

Esperou que o eco das suas palavras sumisse, prestando atenção à resposta, mas nada aconteceu. Depois, quando estava prestes a se levantar, já desiludido, ouviu no silêncio da sala uma voz forte e poderosa que fez tremer as paredes.

Era a voz de Apolo, que, em tom decidido e seguro, como convém a uma divindade, disse:

– O homem mais sábio do mundo se chama Sócrates e vive em Atenas.

Platão não acreditou em seus ouvidos. Olhou em volta para ver se havia alguém brincando com ele, mas não viu ninguém. Estava sozinho dentro do templo de Apolo.

"Talvez Apolo tenha mesmo atendido ao meu desejo", pensou. "Esta é a resposta que tanto procurei. Sócrates será o meu professor."

Levantou-se muito contente, deixou uma generosa doação ao templo, para mostrar ao deus o quanto estava agradecido pela sua ajuda, e se pôs a caminho de Atenas.

Estava tão animado que a viagem de volta lhe pareceu muito curta, como se tivessem posto asas nos seus pés: voltava para casa com a resposta que tanto procurara.

Na sua cabeça, a vozinha de sempre repetia:

"Você é mesmo um sortudo: iria até o fim do mundo para encontrar o homem mais sábio de todos, e ele mora na sua cidade."

"No fim das contas não é tão estranho assim, já que Atenas é a cidade mais bonita e importante de todas", respondia para si mesmo Platão.

Mais do que qualquer outra coisa, durante a viagem, ele não fazia nada senão imaginar como seria esse grande professor.

"Com certeza é muito alto, tem os cabelos compridos, uma farta barba branca e olhos de fogo. E é sério, severo, sempre silencioso, como um verdadeiro sábio deve ser, que só abre a boca para dizer coisas importantíssimas."

Seu coração também estava um pouco assustado, porque temia que um homem tão importante não se dignasse a lhe dirigir a palavra.

Chegando em casa, contou aos seus pais o que havia acontecido, e explicou que na manhã seguinte iria sair e encontrar seu professor.

– Ele é um dentista? – perguntou-lhe o pai, todo esperançoso.

– Não – rebateu o menino, um pouco ofendido. – É um grande sábio. Aliás, se você quer saber, é o homem mais sábio do mundo.

Na manhã seguinte, assim que o galo cantou, Platão se arrumou todo para encontrar o homem mais sábio do mundo. Saiu de casa, já pensando na boa impressão que lhe causaria por estar tão bonito, quando ouviu na sua cabeça a vozinha de sempre:

"Certo, você está lindo, mas sabe aonde está indo?"

Platão se deu conta, então, de que não sabia onde esse Sócrates morava; e, para dizer a verdade, não sabia absolutamente nada sobre ele.

"Este não é um bom começo: você realmente é bem pouco sábio", continuou a vozinha, um pouco irritada.

Platão começou a perguntar aos passantes se conheciam Sócrates, e, depois de um tempo, um vendedor de azeitonas que estava numa esquina lhe respondeu:

– Claro que conheço. Mora no bairro Alopece, mas é muito difícil encontrá-lo em casa.

– Imagino, um homem tão importante deve ser muito ocupado – respondeu Platão.

O vendedor de azeitonas começou a rir.

– Ele, ocupado? De jeito nenhum. Aquele ali nunca tem nada para fazer. Passa o dia inteiro passeando e perturbando as pessoas com um monte de perguntas inconvenientes.

Mais do que qualquer outra coisa, durante a viagem, ele não fazia nada senão imaginar como seria esse grande professor.

"Com certeza é muito alto, tem os cabelos compridos, uma farta barba branca e olhos de fogo. E é sério, severo, sempre silencioso, como um verdadeiro sábio deve ser, que só abre a boca para dizer coisas importantíssimas."

Seu coração também estava um pouco assustado, porque temia que um homem tão importante não se dignasse a lhe dirigir a palavra.

Chegando em casa, contou aos seus pais o que havia acontecido, e explicou que na manhã seguinte iria sair e encontrar seu professor.

– Ele é um dentista? – perguntou-lhe o pai, todo esperançoso.

– Não – rebateu o menino, um pouco ofendido. – É um grande sábio. Aliás, se você quer saber, é o homem mais sábio do mundo.

Na manhã seguinte, assim que o galo cantou, Platão se arrumou todo para encontrar o homem mais sábio do mundo. Saiu de casa, já pensando na boa impressão que lhe causaria por estar tão bonito, quando ouviu na sua cabeça a vozinha de sempre:

"Certo, você está lindo, mas sabe aonde está indo?"

Platão se deu conta, então, de que não sabia onde esse Sócrates morava; e, para dizer a verdade, não sabia absolutamente nada sobre ele.

"Este não é um bom começo: você realmente é bem pouco sábio", continuou a vozinha, um pouco irritada.

Platão começou a perguntar aos passantes se conheciam Sócrates, e, depois de um tempo, um vendedor de azeitonas que estava numa esquina lhe respondeu:

– Claro que conheço. Mora no bairro Alopece, mas é muito difícil encontrá-lo em casa.

– Imagino, um homem tão importante deve ser muito ocupado – respondeu Platão.

O vendedor de azeitonas começou a rir.

– Ele, ocupado? De jeito nenhum. Aquele ali nunca tem nada para fazer. Passa o dia inteiro passeando e perturbando as pessoas com um monte de perguntas inconvenientes.

Platão não esperava essa resposta, mas a vozinha lhe sugeriu que não era o caso de confiar na opinião do primeiro vendedor de azeitonas que encontrava. Talvez ele fosse apenas um invejoso.

"O que ele pode entender de sabedoria, afinal? Em quem você vai confiar, nesse sujeito ou em Apolo?", perguntou a vozinha.

Tinha razão. Agradeceu ao vendedor e se dirigiu ao caminho que ele havia indicado. Por fim, conseguiu encontrar a casa de Sócrates.

Não era, contudo, como esperava. Sempre pensara que o homem mais sábio do mundo morasse em uma mansão toda de mármore, com as portas de bronze e circundada por um jardim repleto de árvores antiquíssimas, em cuja sombra se poderia meditar. Em vez disso, a casa de Sócrates era muito comum, como as da maior parte dos moradores de Atenas.

Platão, porém, não se deixou desanimar e se aproximou da porta. Bateu, esperando que o grande sábio de barba branca e de ideias luminosas aparecesse. Mais uma vez, contudo, suas esperanças seriam frustradas. Quem

abriu a porta foi uma mulher um pouco gorda, com uma vassoura na mão e uma cara mal-humorada. Ela o observou com curiosidade por um momento e depois, sem sequer dar bom-dia, perguntou:

– E aí? O que você está fazendo aqui com a boca escancarada?

Platão se deu conta de que estava imóvel, com um olhar de peixe morto encarando a senhora na porta, mas a vozinha logo veio em seu socorro: "Desfaça essa expressão de tonto e diga alguma coisa, qualquer coisa!"

Platão seguiu imediatamente o conselho e disse:

– Bom-dia, senhora. O sr. Sócrates mora aqui?

A mulher o olhou desconfiada, como se esperasse alguma brincadeira de mau gosto, e depois respondeu:

– Depende. Por que você está procurando Sócrates?

Platão sabia muito bem como responder, e ficou bastante feliz de poder explicar:

– Porque me disseram que ele é o homem mais sábio do mundo.

A senhora riu, sem acreditar.

– Quem? Sócrates? O homem mais sábio do mundo? – disse, e começou a rir loucamente. Riu tanto que

Platão ficou com medo de que ela passasse mal. Não entendia o que estava acontecendo, e pensou que talvez se tratasse de um teste ou qualquer coisa assim. Algo que o grande mestre havia inventado para desencorajar os alunos que tivessem alguma dúvida sobre seu desejo de aprender. Por isso repetiu, com uma voz mais firme ainda:

– Quero falar com Sócrates, o homem mais sábio do mundo.

A mulher parecia achar tão engraçadas aquelas palavras que deixou a vassoura cair, e por pouco ela também não foi parar no chão.

Àquela altura, Platão e a vozinha não sabiam mais o que fazer diante daquela senhora que ria sem parar. Foi então que de dentro da casa saiu uma voz, que perguntou:

– Xantipa, pode-se saber o porquê dessa barulheira? Tem gente querendo dormir aqui.

Pouco depois surgiu o dono da voz. Era um velho baixo, com as pernas um

pouco tortas e a cara amassada, como a de um buldogue. Platão pensou logo que esse não podia ser o homem mais sábio do mundo, porque não tinha nem uma longa barba branca nem os olhos de fogo e, ainda por cima, falava como uma pessoa comum. O velho parou na frente da senhora e a olhou desconsolado; então ergueu o olhar e os seus olhos encontraram os de Platão, pois não era muito mais alto que ele.

– Perdoe Xantipa, minha mulher, ela é uma pessoa um pouco estranha – disse, para se desculpar. E acrescentou: – O que você veio fazer aqui, e o que disse de tão engraçado?

Platão entendeu que aquele devia ser o servo do grande sábio, e por isso respondeu:

– Vim procurar o sr. Sócrates. Só disse que ele é o homem mais sábio do mundo. – Quando pronunciou esta frase, Xantipa começou a rir ainda mais e caiu no chão apertando a barriga. O velho, então, passou por cima dela e pegou o menino pela mão, dizendo-lhe:

– Não podemos conversar aqui. Vamos para um lugar mais calmo.

Assim que se afastaram um pouco da casa, o velho pôs sua mão em um dos grandes ombros do seu visitante e, um pouco constrangido, disse:

— Caro menino, me parece que fizeram uma brincadeira com você. Eu conheço Sócrates, e não acho que ele seja, de fato, o homem mais sábio do mundo.

Platão nessa hora pensou que todos tinham combinado enganá-lo.

— Mas não é possível – retrucou. – Foi Apolo em pessoa quem me falou isso, e os deuses nunca mentem!

O velho ficou curioso com estas palavras e pediu que ele contasse toda a história da viagem a Delfos e o que o deus havia dito. Depois de ouvir tudo, ficou muito sério e disse:

— Este é mesmo um mistério. Você não me parece alguém que inventa histórias, nem um deus importante e bom como Apolo faria isso. Mas eu acho bastante esquisito que Sócrates seja o homem mais sábio do mundo.

— Mas como pode ter tanta certeza? Você o conhece tão bem assim?

— Não tanto quanto gostaria – admitiu o velho –, mas o conheço suficientemente para dizer que, do meu ponto de vista, há homens mais sábios que ele.

Platão olhou nos olhos do velho e, vendo que ele parecia bastante sincero e convicto daquilo que dizia, se sentiu muito triste.

Vendo-o tão desanimado, o homem acrescentou:

– Pelo que percebi, você se esforçou bastante para encontrar um mestre, e quero que saiba que respeito muito quem busca a sabedoria. Como o achei simpático, vou levá-lo às pessoas que creio serem as mais sábias de Atenas. Assim, você poderá escolher o seu professor.

Os dois começaram a caminhar, e, depois de algum tempo, o menino começou a fazer perguntas ao seu acompanhante.

– Mas como é possível que Apolo tenha mentido para mim?

– Os deuses não mentem – respondeu o velho. – Mesmo que às vezes façam coisas estranhas. É possível que ele tenha dito para procurar Sócrates para testar você, não é? Queria ver se você é daqueles que se desencorajam ou param na primeira impressão.

– Mas por quê? – perguntou então Platão, que não conseguia entender, apesar de se esforçar bastante.

– Porque as pessoas superficiais não são dignas de receber o dom da sabedoria. E digo mais, são mais perigosas que um dragão que lança chamas, porque geralmente usam seus conhecimentos para fazer mal aos outros.

O menino refletiu sobre as palavras do velho, que, apesar de parecer engraçado por causa da maneira como andava com suas pernas tortas, dizia coisas muito inteligentes.

"Este Sócrates deve ser mesmo um enorme sábio, se o seu empregado é tão esperto", pensou.

Caminhando, chegaram a uma maravilhosa mansão de mármore, no bairro mais elegante da cidade. O velho parou diante do portão e disse:

– Esta é a mansão onde mora Cálicles. Ele é um grande político e um general muito famoso. Um homem que tem tanta responsabilidade deve ser, com certeza, muito sábio e deve conhecer muitas coisas, como se diz por aí. Creio que ele será um bom professor. Se quiser, posso apresentá-lo a você.

Platão, vendo uma mansão tão grande e tão bonita, logo se animou com a ideia e pediu ao velho que o

acompanhasse. Atravessaram um jardim cheio de empregados ocupados. Por toda parte, no jardim que circundava a mansão, havia estátuas, fontes e grandes árvores, ótimas para a meditação. A casa, por fim, era toda decorada com lindas tapeçarias, e os mosaicos do chão mostravam as aventuras de deuses e heróis. Por um momento, Platão teve a impressão de estar no lugar certo, apesar de lhe parecer que a vozinha tinha alguma coisa a dizer. Mas ele estava tão empenhado em olhar todas aquelas maravilhas que não ouviu nada. O velho se fez anunciar, e depois de um tempo um homem alto e muito bonito desceu pela escada de mármore, com um sorriso brilhante.

"Parece o sorriso de um lobo", comentou a vozinha, que Platão continuava ignorando.

– Um velho e um menino me procurando – disse o famoso Cálicles. – O que vocês querem, esmolas?

– De jeito nenhum – respondeu o velho, bastante ofendido. – Veja, grande Cálicles, este menino está procurando o homem mais sábio de Atenas e do mundo, e imediatamente pensei em você.

O grande general, assim que ouviu aquelas palavras, logo estufou o peito.

– Fez bem, velho. De fato, acho que sou o homem mais sábio de toda a Atenas, visto que sou o mais poderoso. Se houvesse um homem mais sábio que eu, ele seria o mais poderoso, não?

Platão escutou e achou que Cálicles tinha razão. Mesmo não tendo barba, parecia ser um ótimo mestre. Contudo, a vozinha chata continuava a falar. Tentou concentrar-se para escutá-la, mas sua atenção foi distraída pelo velho pigarreando.

– Desculpe-me, grande Cálicles, mas há uma coisa que eu, talvez por não ser tão sábio quanto você, não entendi.

O general olhou para o velho um pouco desconfiado e respondeu:

– Pode falar, mas rápido. Estou muito ocupado.

– Bom, você disse que é o mais sábio porque é o mais poderoso. Então, se amanhã perdesse seu poder, perderia a sua sabedoria? Isto me pa-

rece muito estranho, porque eu achava que um sábio seria sábio para sempre.

Cálicles ficou sem ação diante destas palavras e tentou murmurar qualquer coisa, mas o velho continuou com as perguntas:

– E se alguém amanhã o vencesse, pelo engano e pela calúnia, tomasse o seu poder e o fizesse de escravo, você se tornaria burro e aquele que o traiu viraria sábio? Um sábio não deveria ser sempre bom e justo e nunca enganar ninguém?

O grande general olhava para os lados envergonhado, sem saber o que responder. Platão, no entanto, tinha a impressão de que quando o velho fazia suas perguntas era como se a vozinha finalmente conseguisse dizer o que estava tentando explicar, encontrando as palavras certas. Que neste caso eram bastante simples:

"Cálicles é um metido ridículo."

Como se tivesse ouvido o que a vozinha dizia, o homem mais poderoso de Atenas ficou ainda mais vermelho e começou a perder o controle.

– Velho impertinente! Ousa pôr em dúvida as minhas palavras? Com que coragem você vem à minha casa me ofender?

Apesar de ter a metade da altura de Cálicles, o velho não se assustou e, com toda a tranquilidade, respondeu:

– Eu só lhe fiz uma pergunta. Não é culpa minha se você não sabe respondê-la.

Vendo-o tão calmo, o general ficou ainda mais irritado e, gritando, expulsou-os dali.

Quando voltaram à rua, o velho se dirigiu ao menino, dizendo:

– Me desculpe, eu estava completamente enganado a respeito de Cálicles. Achava que ele fosse sábio, mas...

– E agora? – perguntou Platão. – Vou ficar sem professor?

– Não – respondeu o velho –, há outros homens muito sábios em Atenas. Eu não tenho nada para fazer, vou acompanhá-lo. Sabe, gosto muito de caminhar, porque quando se caminha se argumenta melhor, e quando se argumenta, é porque se raciocina.

"Outra coisa muito inteligente", pensou Platão. "Com certeza ele não é o homem mais sábio do mundo, mal-vestido e feio desse jeito, mas, para dizer a verdade, se sai bastante bem."

Continuando a caminhar, depois de um tempo chegaram a outra casa, alta e fina como uma torre. Era isolada e solitária, e dava até um pouco de medo.

– Veja – disse o velho –, esta é a casa de Asterion, o grande historiador. Dizem que em toda a Grécia não há homem mais culto do que ele, e eu sei que é verdade. Se você procura um sábio, me parece que ele é o homem certo. – E, dito isto, os dois se aproximaram da porta.

Bateram, mas nada aconteceu. Então, de muito longe, ouviram passos arrastados, lentos, se aproximando, com intervalos de tosse. Era como ouvir um temporal que se armava, mas bem lentamente. Depois de um tempo, finalmente a porta se abriu, e lá de dentro surgiu um homem muito magro, todo curvo e enrugado, com uma cara entediada. Estava coberto de poeira e parecia uma nuvem de chuva, cinza e ameaçadora.

– Salve, ó muito sábio Asterion – disse o velho, sorrindo. – Este menino está procurando o mestre mais sábio de todo o mundo, e eu pensei que você poderia ser a pessoa certa.

Os olhos de Asterion se iluminaram e, sem dizer uma palavra, fez sinal para que os dois visitantes entrassem. O lado de dentro da casa dava ainda mais medo. Era escuro, com todas as janelas fechadas, e por todo lado só se viam livros e mais livros. Platão gostava muito de livros, mas, naquele escuro, no meio de toda aquela poeira, parecia que eles o estavam cercando para desabar sobre ele de repente.

Entre um acesso de tosse e outro, Asterion começou a falar com uma voz nasalada, como se estivesse resfriado:

– De fato, creio ser o homem mais sábio de todo o mundo, porque li tudo o que já foi escrito e sei coisas que nenhum outro homem conhece.

Nessa hora, houve outro acesso de tosse, mas desta vez vindo do velho, que pigarreava.

– Talvez eu devesse ficar quieto diante de um homem tão culto, mas há uma coisa que não entendo.

– Então me diga, porque sei tudo – respondeu Asterion, tranquilo.

– Exato, você diz ser sábio porque conhece muitas coisas...

– Todas as coisas – corrigiu apressadamente o outro.

– E se você tivesse um discípulo, lhe ensinaria tudo o que sabe, não é mesmo? – continuou então o velho.

– Claro, sem sombra de dúvida – respondeu o historiador, com sua voz nasalada e sempre tossindo.

– Mas conhecendo tudo, você conhece também muitas coisas inúteis e, o que é pior, muitas coisas ruins e más, e não seria bom ensiná-las aos outros.

Asterion, depois de alguns pigarros, respondeu, entediado:

– Ouça, essas são coisas que você não pode entender, porque não leu o suficiente.

Como se não tivesse ouvido nada, o velho acrescentou com toda tranquilidade:

– E depois não é verdade que você sabe tudo.

Assim que ouviu aquelas palavras, o historiador começou a tossir tão forte que Platão teve medo de que ele sufocasse, e percebeu que o temporal acabara de chegar. Depois de recuperar o fôlego, Asterion, que nesse ínterim havia ficado cinza-escuro, com aspecto muito ameaçador, gritou:

— Como você se permite? Eu sei tudo! Sei até de que cor era o cavalo de Troia, quanto pesava, quantos pregos tinha, o nome de todos os que estavam lá dentro, o que haviam comido no café da manhã e que os soldados gregos se queixavam o tempo todo porque Laomedonte, que tinha uma verruga na batata da perna e usava uma cueca verde, estava com mau hálito! E você, sabe o quê?

O velho sacudiu a cabeça e respondeu:

— Eu sei que não sei nada, mas sei também que lá fora está um dia lindo e que o vento hoje está soprando do mar. E isso você não sabia antes que eu dissesse.

Quando se deu conta de que o outro tinha razão, o historiador se irritou ainda mais e, gritando com o pouco fôlego que lhe restava, expulsou Platão e o velho da casa. Estava de tal modo furioso que os dois continuaram a ouvi-lo tossir de raiva por um bom tempo.

Enquanto se distanciavam de Asterion e da sua tosse, o velho se desculpou com Platão, dizendo que sentia muito. O menino, que não tinha vontade de ter aulas no meio de toda aquela poeira, disse que não se importava. Mas acrescentou:

– Mas é claro que, se você fizesse menos perguntas, as pessoas se irritariam menos.

O velho ergueu os ombros, como se já tivesse ouvido isso muitas vezes.

– Minha mulher Xantipa me diz isso sempre, e eu respondo sempre que é justamente o contrário. Se as pessoas se fizessem mais perguntas, teriam mais respostas e não se irritariam tanto quando eu as fizesse. Não sou eu que as irrito, é a verdade que não lhes agrada; eu posso até ir embora, mas a verdade ficará com elas, quer queiram, quer não.

Platão ficou de boca aberta ao ouvir essas palavras e,

mais uma vez disse a si mesmo que um homem que tinha um empregado tão sábio devia ser dez, cem e talvez mil vezes mais sábio. E por causa disso, sugeriu:

– Olha, eu acho que devemos ouvir Apolo e voltar para a casa de Sócrates. Parece-me que o homem mais sábio do mundo é ele mesmo.

O velho pensou e respondeu:
– Para dizer a verdade, ainda há outra pessoa que, na minha opinião, é mais sábia que Sócrates. Chama-se Terpandro, e é o maior orador da Grécia.

Os oradores, homens que escreviam discursos, eram pessoas muito importantes e muito cultas naquela época.

E foi assim que Platão, um pouco contra a vontade, por causa do cansaço, seguiu o velho que, habituado a caminhar o dia inteiro, estava fresco como uma rosa.

"Você não pensava que buscar a sabedoria fosse tão cansativo, hein?", disse a vozinha, provocante. "Talvez fosse melhor mesmo ser outra coisa qualquer, porque cansa menos."

Depois de uma caminhada que ao menino pareceu infinita, os dois chegaram à casa de Terpandro, uma mansão elegante e decorada com muito bom gosto, onde tudo era branco e delicado. "Esta é mesmo a casa de um sábio", pensou Platão, "com alguns livros, mas não muitos, e com um jardim cheio de sombras e de silêncio, onde tudo parece estar no lugar certo."

"Infelizmente", disse a vozinha, um pouco perplexa.

Tendo entrado na casa, os empregados disseram que o mestre estava no jardim, como fazia toda manhã. E ali o encontraram realmente, com uma túnica branca, imerso em profunda reflexão, enquanto alisava uma linda barba muito branca e observava os raios de sol filtrados pelas folhas. Tinha mesmo a aparência de um grande sábio.

"Infelizmente", disse mais uma vez a vozinha, que nunca estava contente. Pensando bem, ele parecia um pouco com o velho, concluiu Platão.

– Bom-dia, nobre e sábio Terpandro, mestre dos mestres. Espero que não estejamos atrapalhando.

O orador se virou, revelando aos seus convidados um sorriso perfeito, todo feito de dentes muito brancos, e, com uma voz profunda e majestosa, disse:

– Claro que não me atrapalham, bem-vindos visitantes. O que posso fazer por vocês?

Mais uma vez o velho explicou o motivo da visita, e, depois de tê-lo escutado, Terpandro disse:

– Fez bem, velho, em vir até minha casa, pois de fato sou eu o mais sábio dos homens. Uma vez convenci um touro de que ele era um passarinho e o fiz voar sobre os telhados da cidade.

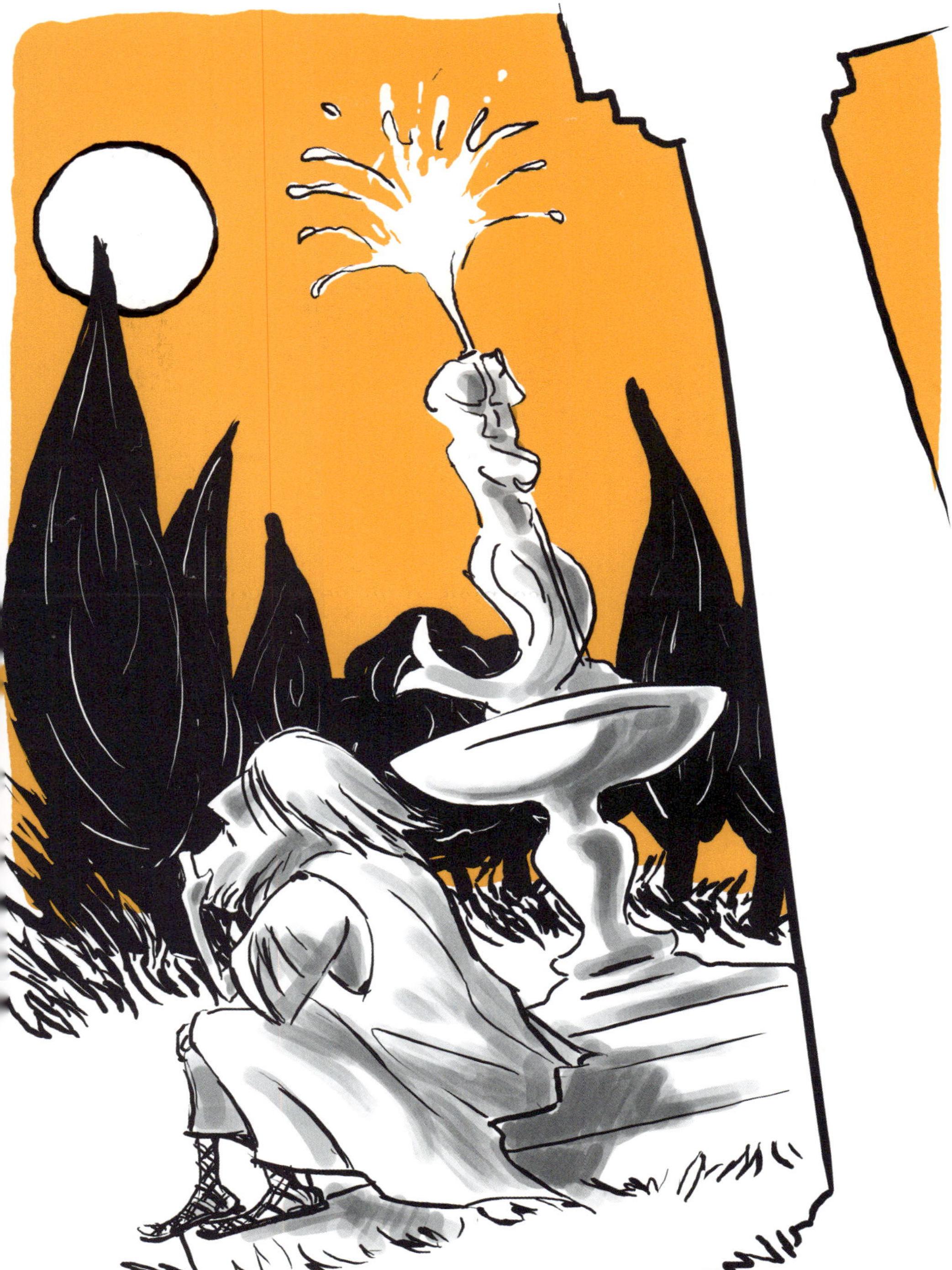

– Fez mesmo? – perguntou Platão. – E ele voava de verdade?

– Bom, saltava mais do que voava – admitiu Terpandro –, mas isso é um detalhe, porque eu teria podido convencer qualquer pessoa de que ele estava voando. E quer saber por que consigo fazer isso?

Platão, que tinha uma vontade danada de aprender a fazer todas as coisas fantásticas, rapidamente fez que sim com a cabeça.

– É simples. Depois de anos e anos de estudo, aprendi a única coisa que vale a pena saber: que a sabedoria não existe, e nada é verdadeiro ou falso. Sei falar tão bem que no fim todos me dão razão sobre qualquer coisa que eu diga, e por isso sou o mais sábio.

Platão abriu ainda mais a boca, como se aquela voz fosse mágica mesmo, e pensou que aquele era de fato o maior dos mestres... Até ouvir o pigarro que já conhecia bem.

– Lindas palavras e bela voz, nobre Terpandro – disse o velho –, mas, talvez pela minha ignorância, há uma coisa que eu não entendo...

"Lá vai ele", pensou Platão.

"Espere, deixe-o terminar", mandou a vozinha, a quem Terpandro, sabe-se lá por quê, não tinha agradado desde o início.

– Diga-me, então. Não há pergunta que eu não possa responder. Posso demonstrar tudo e o avesso de tudo, e muito mais ainda, me equilibrando num pé só e com as mãos amarradas nas costas – respondeu o orador.

– Não há necessidade – disse o velho. – Basta que, sentado como você está, me explique este dilema: se nada é verdadeiro, como esta frase pode ser verdadeira?

Terpandro, depois da pergunta, ficou mais branco que a sua túnica e fez a cara de alguém que pisou num escorpião.

– E além disso – continuou o velho –, você pode até convencer um touro de que ele é um passarinho, mas ainda não conseguiu convencer um ignorante como eu de que é sábio como você diz, e só vai conseguir fazê-lo quando responder à simples pergunta que lhe fiz.

O outro lançou-lhe um olhar de desprezo e, com voz sibilante como a de uma cobra, respondeu:

– Eu não me preocupo nem um pouco em convencer um esfarrapado pulguento como você!

– É uma pena – continuou o velho. – Porque não me convencer significa que você não é capaz de convencer todos.

– É só porque não quero – replicou o orador, que estava, então, enfurecido. – E agora desapareçam da minha frente, você e esse melequento!

E mais uma vez, o velho e Platão estavam na rua. Mas o menino não estava triste, porque havia aprendido que a sabedoria não é o poder, nem o conhecimento, nem lhe dá condições de falar bem. Claro, ele ainda não tinha ideia do que fosse, mas já era um bom começo. Além do mais, tinha a impressão de que já sabia a quem podia perguntar isso. Tomou coragem e disse ao velho:

– Olha, acho que já caminhamos o suficiente. Leve-me à casa de Sócrates, porque ele deve ser mesmo o homem mais sábio do mundo!

O velho soltou um suspiro.

– Caro menino, eu não posso levar você até Sócrates, porque Sócrates sou eu.

Platão ficou de boca aberta pela enésima vez. Como era possível que aquele velho engraçado, com uma mulher mal-humorada e as pernas tortas, que repetia sempre ser um ignorante, fosse o maior de todos os sábios? Certo, ele dizia coisas inteligentes e fazia perguntas que ninguém sabia responder, mas onde estava a longa barba e todo o resto? Enquanto Platão pensava nestas coisas, Sócrates bateu a mão na testa:

– Claro! Como não pensei nisso antes?

– No quê? – perguntou Platão, curioso.

– Eu não sei se acontece com você, mas às vezes me ocorre de ouvir uma vozinha na cabeça, que me dá conselhos.

"Claro!", respondeu a vozinha na cabeça de Platão.

– Às vezes – mentiu o menino, que tinha um pouco de vergonha disso.

– Então, desta vez a vozinha me explicou o que Apolo quis dizer! Entendi por que ele disse que eu sou o mais sábio! – disse o velho, saltando com suas perninhas.

– E por quê? – perguntou Platão.

– Porque sei uma coisa que os três senhores de hoje nem imaginavam! Sei que não sei quase nada, e esta é a verdadeira sabedoria: conhecer os próprios limites e ter sempre vontade de aprender! É mais sábio quem sempre faz perguntas do que quem finge ter todas as respostas. Era isso que o deus queria me ensinar, e descobri graças a você! Como posso retribuir?

Platão sorriu, porque entendeu que Apolo dissera a verdade e que, apesar das pernas tortas e da cara de buldogue, Sócrates era mesmo o homem mais sábio que ele já encontrara. Então disse, todo contente:

– Seja o meu mestre, me ensine como ser sábio e estamos quites.

Sócrates, depois de pensar um pouco, respondeu:

– Combinado. Mas não apareça na minha casa antes do meio-dia. De manhã, os sábios dormem.

E dizendo isso, os dois caminharam juntos.

Depois daquela primeira aula houve muitas outras. Graças aos ensinamentos de Sócrates, Platão ficou muito sábio e escreveu em vários livros tudo o que aprendeu, tornando-se um dos filósofos mais importantes de todos os tempos. Não deixou de ser chamado Platão, que era seu apelido desde menino, e foi com este nome que ficou famoso.

Algumas perguntas e respostas...

Sócrates existiu de verdade, e foi um dos mais importantes filósofos da Antiguidade. Nasceu no ano 489 antes de Cristo, o que quer dizer 2.500 anos atrás. Era filho de um escultor e de uma parteira, e foi aluno de um filósofo chamado Críton. Entre muitas coisas, foi soldado, e parece que era muito corajoso, capaz de ficar parado pensando por dias inteiros, mesmo em meio aos perigos. Casou-se com Xantipa, uma mulher muito mal-humorada, e teve três filhos. Nós nos lembramos dele, no entanto, como um grande mestre, mais do que qualquer outra coisa. Infelizmente, a sua maneira de agir lhe trouxe muitos inimigos. Por causa deles foi processado e condenado à morte. Sócrates podia ter se salvado, mas preferiu deixar que o matassem a abandonar sua amada cidade.

Platão, o nosso menino Arístocles, foi o melhor e mais famoso dos muitos discípulos de Sócrates. Depois que o seu professor morreu na prisão, decidiu escrever seus ensinamentos. Até porque Sócrates vivia tão ocupado em dar aulas que nunca encontrou tempo para escrever nem duas linhas. É graças a ele que temos esta história e também todas as outras que estão contidas nos *Diálogos* – que relatam as discussões de Sócrates com outras pessoas e expõem suas ideias.

O que é um filósofo? Há tantas respostas para esta pergunta que desde o tempo dos gregos até hoje os sábios não conseguiram chegar a um acordo. Filósofo quer dizer "amigo da sabedoria", e indica uma pessoa que busca responder a perguntas muito difíceis, tais como: "O que é certo e o que é errado?", "Como sei de verdade as coisas?" e, também, "O que acontece depois que se morre?".

Os gregos foram os primeiros filósofos, o que, naquele tempo, queria dizer que também eram cientistas e estudavam a natureza. Hoje, mesmo tanto tempo depois de Platão, muitas das perguntas que Sócrates fazia ainda estão sem resposta. Talvez, com um pouco de sorte, você possa encontrá-las. Quem sabe?

A vozinha era o que os gregos chamavam de daimôn, uma espécie de anjo da guarda, que aparecia para dar conselhos e resolver problemas. Hoje, alguns a chamam de alma, outros, de consciência. Segundo Sócrates e Platão, todo mundo a tem, e, se prestarmos atenção, de vez em quando podemos ouvi-la. Essa teoria agradou a muitos filósofos, que a repetiram bastante, com pequenas alterações. Então, se às vezes você também ouve esta vozinha, isso talvez signifique que, quando crescer, você será filósofo. Ou, no mínimo, um dentista muito sábio.

A **história** que você acabou de ler, com algumas modificações, foi contada pela primeira vez por Platão em um livro chamado **A apologia de Sócrates**, no qual é relatado o seu processo e como ele tentou se defender das acusações. Com essa história, Sócrates queria explicar por que tantos cidadãos poderosos e famosos não gostavam dele, e, ao mesmo tempo, ensinar aos moradores de Atenas o que era para ele a verdadeira sabedoria.

Impresso na Markgraph Gráfica e Editora Ltda.